잦아들지 않는 설움

잦아들지 않는 설움

공다원 시집

개미

또 한 권의 시집을 엮으며

지난번 출간했던 시집 『꺼지지 않는 촛불』을 주섬주섬 꾸밀 때는 내면 뭣엔가 쫓기어 서둘러 가는 나 자신이 있었습니다. 그리고 이번 시집 『잦아들지 않는 설움』을 엮는 동안은 내내 초조와 불안 그리고 서글픔이 함께 했습니다.

지금 나의 삶은 일을 하며 문학을 틈틈이 하는 것이 아니라 나의 능력을 넘어선 일들이 나의 가슴을 조이고 있기 때문입니다.

이제 나의 삶은 지금까지처럼 나 스스로가 개척하는 것이 아닌 끌려가는 형식이 되어버렸습니다. 하지만 그마저도 내가 만든 결과이기에 순순히 저항 없이 따를 뿐입니다.

그래도 이렇게 용기 낼 수 있도록 격려와 사랑을 보내주신 여러 독자님들에게 깊이 머리 숙여 감사의 말씀 드립니다.

2021년 11월
공다원

차례

제2부

옛날 이야기

제3부

오늘의 이야기

제1부

시인의 이야기

각각의 상처

손가락이 베인 까닭을 설명하는데 1분 30초 걸렸다.

그러면 내가 눈멀고 지금 이렇게 아픈 걸 설명하는 것은 얼마나 걸릴까.

아무리 헤아려도 짐작이 안 된다.

그러나 말을 할 수 있는 것은 살아있을 때만 가능한데 내 이야기를 들어줄 사람은 어디 있을까.

그들 또한 가슴을 짓누르는 아픔을 쏟아내고 싶을 텐데

그러니 살아 말하는 요행은 그만 접고

그저 이생에 내 상철랑은 단단히 싸매어 가져가자.

고생 참 많으셨습니다

세상을 등지는 이는 쉬 끊어지지 않는 미련에 목이 메어 침묵을 한다.

세상을 등지는 이는 만사가 후회뿐이라 차라리 눈을 감는다.

세상을 등지는 이는 어둠의 힘으로 말문을 닫고 참담히 듣기만 한다.

생전에 모진 인연 배웅을 거절 못해 가슴이 불을 삼킨 듯 뜨겁고

생전에 애틋한 인연 인사 미처 못해 가슴엔 강물이 흐른다.

기원

늘~ 1학년 입학하는 아이 같은 마음으로 아침을 맞게 해주십시오.

늘~ 새 가방 머리맡에 놓고 자리에 누운 꼬마 같은 마음으로 잠들게 해주십시오.

늘~ 처음 여자친구 만나러 가는 소년 같은 마음으로 집을 나서게 해주십시오.

늘~ 하얀 새 공책 첫 장을 펼치는 여학생 같은 마음으로 한 해를 맞게 해주십시오.

늘~ 할 수 있다는 생각으로 새로운 일을 시작하게 해주십시오.

늘~ 키 작은 소나무 같은 자세로 상대를 바라보게 해주십시오.

늘~ 지나온 시간보다 남은 시간을 셈할 줄 아는 사람이 되어 삶에 임하게 해주십시오.

독백 같은 시

나는 오늘도 한 편의 시를 썼다.

벽창호 같은 사람들의 얼굴에다 시를 썼다.

손가락에 침을 묻혀 시를 썼다.

나는 오늘도 한 편의 시를 썼다.

탈바가지 같은 사람들의 얼굴에다 시를 썼다.

지폐를 말아 술을 찍어 시를 썼다.

솥뚜껑을 핥는 굶주린 이의 창자 이야기를 찬찬히 썼
고
솥뚜껑을 뒤집어 고기를 굽는 이의 창자 이야기를 아
주 자세히 썼다.

복 중에 큰 복

삶이 그런 거다

땅 파는 놈 땅 파다 죽고
밭매는 놈 밭에서 죽고
배 타는 놈 노 젓다 죽고

평생 뼈빠지게 일만 하다가
죽는 팔자 한탄 말아야지
수삼 년 등창이 나도록 자리만 지키다
흉측한 모습으로 떠나기보다야.

일 마치고 자던 잠결에 떠난다면 1등이고
일하다 죽는다면 2등은 한 것이지.
죽음 복이나 탄 거지.

분노 치료제

원망을 하지 마라 아무 소용없는 거다.
미워도 하지 마라 아무 소용없는 거다.
분노도 하지 마라 아무 소용없는 거다.

원망을 하다보면 제 허물을 못보고,
미움이 습관 되면 분노가 쌓이고,
분노를 하다보면 제 자신을 잃게 된다.

되갚아 주리란 생각은 더더구나 하지 마라.
갚고 나면 배가 되어 돌아온다.

몽둥이로 후려치면 칼날이 되어 돌아오고,
불로써 갚으면 물로 돌아온다.

그러니 찬물 한 모금 꿀꺽 마시며 마른입이나 적시고,
그저 전생 빚 이제서야 갚노라 생각하고,
외려 늦어서 미안하다 넋두리나 해라.

아무리 애를 써도 그렇게는 안 되거든 지금 자신의 가
슴을 생각해라.
쇠뭉치로 짓누르는 고통을 받고 있는 가슴을 생각해
라.

두 눈 딱 감고 내가 참말 등신이구나,
그 한마음이면 금세 명약을 쓴 듯 후련해질 것이다.

서글픔을 실은 도시의 바람

바람이 분다.
서글프게 바람이 분다.

저녁 거른 실업자의 위장 속으로 불고,
자식에게 무시당한 중년 어미 가슴속에 분다.

퇴사 통보를 받은 중견 직장인의 어깨 위로 불고,
취업을 하지 못한 젊은이 무릎 사이로 분다.

편의점 앳된 알바생 속눈썹 위로 불고,
집을 구하지 못한 부부의 팔짱 사이로 분다.

습관

없이 살던 습관으로 밥그릇을 줄이고

펑펑 쓰는 습관으로 가진 것을 잃는다.

말을 참지 못하는 습관으로 믿음을 잃고

믿지 못하는 습관으로 사람을 잃는다.

아가 처음 무엇을 보고 싶니?

세상에 처음 태어나는 아기는 할 말이 너무 많아 울음을 토해낸다.

세상에 처음 태어나는 아기는 세상이 궁금하여 팔다리를 내젓는다.

세상에 처음 태어나는 아기는 살아남으려는 본능의 힘으로 큰 숨을 들이쉰다.

살갗에 한기를 느끼며 고요했던 귓전에 작은 진동이 찾아온다.

싸늘한 공기 속에 비린 자궁 냄새를 찾으며 흐릿한 눈을 감는다.

오만한 측은지심

불쌍타 하지 마라 아무 소용없는 거다.

안타깝다 하지 마라 아무 소용없는 거다.

불쌍키로 하자면 더한 이 널렸고,

안타까워한다고 아무 도움 안 된다.

그저 오늘 만난 인연들이나 갈무리하고,

내일 다시 만날 인연들에게나 웃어주자.

욕심

뜬구름은 머리 위에서 실오라기 하나 걸치지 않은 채
나를 보고 있고

치장을 하지 않아 고운 차림의 채송화는 그 모습을 엿
보고 있네.

그 뒤에 돈으로 옷을 해 입은 여인이 공터를 둘러보다
침을 흘리며 스쳐 가고

또 그 뒤에 남루한 옷들을 무겁게 껴입은 노파가 손수
레를 끌고 와 공터 한쪽에 종이 박스를 부린다.

잦아들지 않는 설움

시를 쓰고 싶었다.

사실에 가까운 시를 쓰고 싶었다.

삶을 질겅질겅 씹는 그런 시를 쓰고 싶었다.

움직이고 꿈틀대는 그런 시를 쓰고 싶었다.

참지 못해 몸부림치는 그런 시를 쓰고 싶었다.

그러나 등신 같은 나는 헛꿈만 꾸고 헛소리만 중얼댄다.

날이 새면 숟가락을 빨고 해가 지면 술잔을 빨며 잦아들지 않는 설움에 떤다.

나는 좀처럼 잦아들지 않을 것 같은 설움에 빠져있고

내 알토란 같은 시는 같잖은 교훈으로 머물고 있다.

최상의 교육

기다리는 마음을 가르쳐야 한다.
참는 마음을 가르쳐야 한다.

아버지가 오시면 먹자.
이제 곧 형이 올 거다.
누나는 배고플 텐데…

김이 나던 된장찌개가 조금씩 식어가고,
구운 갈치가 서서히 말라간다.

처음에는 배가 고파 식구들을 기다렸지만,
달이 가고 해가 가면서 걱정으로 변한다.

기다리던 아이도 눈치채지 못하고 가르치던 어미도 알
아채지 못한다.

그렇게 기다림부터 가르치다보면 배려심은 덤으로 얻
게 되고,

나중에는 조급함을 잘 다스리는 능력까지 얻게 되는
것이다.

축복받은 생

이러저러한 이야기를 하기엔 우리 삶이 너무 짧고,
그저 가슴속에 담고 가자니 짐이 너무 무겁다.

시를 쓰는 이유는 많은 말을 하지 못하는 까닭이고,
시를 쓰는 이유는 차마 하지 못한 말이 있는 까닭이고,
시를 쓰는 이유는 그래도 남기고 싶은 말이 있는 까닭
이다.

한 편의 시로 남기는 인생은
그래도 축복받은 생이리라.

혼자서는 못하는 것

혼자 저녁 먹을 때 절반쯤 덜어 놓는 것

까칠한 입에 내키지 않아도 아침을 먹는 것

뻔하고 사소한 일상들을 습관처럼 질문하는 것

쉬는 날 낮잠을 오래 자면 미안한 생각을 하게 되는 것

가끔 상대의 표정에 따라 우울과 기쁨이 선택되는 것

그리고 혼자 밤을 맞을 때 기다리는 습성이 생긴 것

환생 1

제가 사람으로 살 때 사랑했던 애틋한 인연을 다시 찾아왔어요.

사람으로 살 때는 내가 어미였는데
지금은 우리 딸이 날 애기라 부르는군요.

하늘 길 건너 어디쯤 가니
살아생전 내 소원 묻는 이 없었건만
이곳에서 소원이 뭐냐고 묻더라구요.
나는 단박에 큰소리로 대답했지요.
내 딸하고 한 생만 더 살고 싶다고.
그랬더니 느닷없이 옆문을 열고 나를 밀었어요.

나는 곧 까맣게 윤이 나는 털옷을 입은 어미 가슴팍에
붙어있었어요.
나와 같은 꼴을 한 형제들 사이에서 아둥바둥 다툼을
하며 얼마간 어미젖을 빨았지요.
사람의 정이 뭔지 몰랐을 때는 그래도 우리 간에 대화

랄 것 없지만 이야기를 한 것 같아요.

그리고 얼마 지나지 않아 빨간 손톱에 흰 손이 내 몸을 덥석 움켜쥐었어요.

나는 노랑 조끼를 입고 폭신한 담요에 싸여 어디론지 떠났어요.

문이 열리고 누군지 나를 조심스럽게 받아 가슴에 안았지요.

그런데 어디선가 맡아본 냄새가 내 가슴을 마구 뛰게 했어요.

그리고 언젠가 들어본 듯한 귀에 익은 목소리가 들려왔어요.

나는 머리가 한 세 번쯤은 빙빙 돌았던 것 같고 처음에는 눈도 잘 보이지 않았어요.

아! 내 딸. 내 딸 다정이다.

그렇게 나는 내 소원대로 다정이와 살게 되었지요.

처음에는 내가 강아지로 태어났다는 것을 몰랐기에 목이 터져라 다정이를 불렀어요.

칠 일이 되던 날 아침, 그날도 나는 밤새 다정이를 불렀어요.

다정이가 피곤에 찌든 얼굴로 어디론가 전화를 했어

요.

"죄송해요. 정말 죄송한데 저 이 강아지 못 키우겠어
요."

"네, 네. 무슨 말씀인지는 잘 알겠지만 오늘이 7일째
인데 밤낮으로 울기만 해요."

비로소 나는 알게 되었어요. 내가 강아지로 태어나서
내 딸 다정이집으로 오게 되었다는 현실을 말이에요.

그때부터 나는 입으로 소리를 내지 않기로 독하게 마
음먹었어요.

내가 생전에 다정이를 아가라 자주 불렀는데 지금은
다정이가 나를 아가라고 부르기 시작했어요.

제2부

옛날 이야기

1984년 어느 겨울밤

그해 겨울 그 아린 추위를 어떻게 참았을까.

그해 겨울 그 쓸쓸한 마음을 어떻게 달랬을까.

그해 겨울 그 어두운 순간을 어떻게 견뎠을까.

쪽방 아궁이에서 하얗게 타버린 연탄재를 들어내고
반만 타고 꺼져버린 재는 뒤집어서 석가탄을 놓았다.
아리랑 성냥갑에 황이 닳토록 성냥불을 석가탄에 갖다
댔다.
손가락이 얼어 감각이 없을 때쯤 나는 이런 생각을 했
다.

이 불이 활활 붙기만 하면 아궁이에 대가리를 처박고
싶다고.

그렇게 독한 밤은 시간의 협박으로 아무 대가없이 더
독한 하루에게 나를 넘겼다.

각성바지들의 한풀이

독하디 독한 시어미 상을 당했다.

큰며느리보다 오래 살 것 같은 기세였기에 도저히 믿을 수 없었다.

금방이라도 문을 열고 들어설 것 같아 등골이 서늘했다.

곡을 해야 하는데 눈물은 나지 않고 꺽꺽 소리만 나왔다.

늦은 밤 각성바지들은 치마폭에 각기 다른 설움을 싸서 모여 앉았다.

서로의 얼굴을 살피며 각성바지들은 슬픔이 아닌 서러움을 풀어 놓았다.
밤새 밝혀 놓은 초롱처럼 깜빡깜빡 그 설움은 꺼질 줄 몰랐다.

거짓말을 배우던 날

말문이 트이자 나는 배웠다.
거짓말은 나쁜 거라고.

 내가 아홉 살이 되던 해 작은 설날
 나는 엄마를 따라 시외버스정거장으로 갔다.
 버스를 타기 전 엄마는 낮은 목소리로 나에게 속삭였
다.
 니 쫌있다가 차 탈 때 표 받는 사람이 및 살이고 물으
마
 일곱 살이라 캐야된대이. 알겠재? 하고 몇 번이고 당
부를 했다.

고무줄 같은 인내심

옛날 우리 엄마 엄동설한에 아랫목에 궁둥이 붙이는 순간은 짧기만 했다.

꽁꽁 언 두 발이 녹기도 전에 다시 쪽문을 열고 고무신을 신었다.

일곱 가정 일곱 살림이 한 집 한 마당에서 밥을 씹고 고단을 씹었다.

변소 한 번 가는 것도 일곱 집 모여사니 줄을 서고도 눈치를 봐야 했다.

해 질 녘 주인 아지매가 수돗가에서 맨 먼저 밥을 안쳤다.
그 뒤로 쌀바가지 여섯 개가 줄을 섰다.

나는 똥이 마려워 승환이 아버지가 변소에서 나오기를 기다리며 뱅뱅 제자리걸음을 했다.

우리는 다 같이 고무줄처럼 잘 늘어나는 인내심을 가
지고 있었다.

나의 엄마

엄마라는 이름을 들을 때

어느 이는 한이 되고 어느 이는 눈물부터 나고,
어느 이는 원망스럽고 어느 이는 짜증부터 나고,
또 어느 이는 그리움이고 어느 이는 마음부터 포근해
질 것이다.

우리 엄마는 나에게 어떤 모습으로 남았을까.

나는 엄마라는 이름만 떠올려도 우울이 밀려온다.
쌀독이 내려가는 것이 귀신보다 무섭고,
쌓아놓은 연탄이 낮아지는 것이 범보다 더 무섭다 하
셨다.
나는 그 야윈 얼굴만 떠올려도 마음이 우울해지고 서
러움부터 북받친다.

달랠 수 없는 허기

늦은 밤 나는 허기가 진다.

24시간 배달이 가능한 야식집 전단이 식탁 위에 쌓여 있다.

아무리 살펴봐도 나의 허기를 달래줄 만한 야식은 없다.

김밥! 나는 김밥이 먹고 싶었던 것이다.
색색가지 온갖 속을 채운 전문점 김밥이 아니고,
편의점 진열대에 놓인 바삭한 삼각 김밥도 아니다.

내 나이 21살, 늦은 겨울밤
일을 마치고 바람 부는 거리로 나설 때면
늘 추위보다 배고픔이 더욱 싫었다.

길모퉁이에 포장마차를 기웃거리다 들어서면
리어카 가판 위에 비닐을 덮고 죽은 듯 가지런히 누워

있던 김밥.

단무지가 물러있고 칙칙한 초록색 나물 가지들이 들어
있는
그 시체처럼 누워있던 김밥.
아~ 나는 바로 35년 전 그 김밥이 먹고 싶었던 것이
다.

속고 속는 인생

박씨는 그저 하루 벌어 하루 먹고 사는 것만으로 만족했다.

마누라는 사글세만 면하자고 울먹거렸다.

박씨는 어깨에 피멍이 들도록 열심히 일해 도지방을 얻고 웃었다.

딸아이가 눈깔을 흘기며 온 마을에 테레비 없는 집은 우리뿐이라고 했다.

박씨는 그것쯤이야 하고 열 달 월부로 테레비를 들여 놓으며 함박웃음을 웃었다.

마누라가 전에 없이 속살거리며 애들이 다 컸으니 방 셋 있는 독채로 전세를 가자했다.

박씨는 앞이 캄캄했지만 도리 없이 더 많은 일을 했다.

빚을 얻어 방 셋 있는 독채로 이사를 가며 박씨는 어깨를 우쭐거렸다.

평소 말수가 없던 아들이 새로운 일을 시작하려니 자동차가 있어야겠다고 했다.

박씨는 3년 할부로 자동차를 사주었다.

할부가 끝나자 새 며느리가 잘 모실 테니 집을 사자했다.

박씨는 늙은 몸이 바스라지도록 일을 했고 1106호라는 집을 샀다.

기력이 다한 박씨는 그 1106호 문간방으로 이사를 들어갔다.

그리고 천장을 보고 반듯이 누워 평생 처음 눈물을 흘렸다.

내 일생에 끝이 이 공중에 얹힌 쪽방에 갇히는 것인 줄 몰랐구나.

숙이네 점방

아홉 시가 조금 넘었는데 벌써 배가 고프다.

침을 꿀꺽 삼키고 눈을 감고 반듯이 누워 참아본다.

그러다 어느 순간 벌떡 일어나 주머니를 뒤져 잠시 셈을 한다.

안성탕면 90원, 보름달 100원. 어떤 게 좋을까.

주머니 속에는 1250원이 얌전히 들어있다.

내일은 쌀도 팔아야 되는데,

잠시 머뭇거리지만 결국 방문을 연다.

캄캄한 골목길을 나는 익숙한 걸음으로 숙이네 점방으로 향한다.

숙이 엄마는 초저녁 잠이 많아 일찍 문을 닫지만 함석
문을 한 번만 두드려도 귀신같이 문을 연다.

골목길을 네 번 접어들어 막창집 문간방이 내 소중한
보금자리다.

숙이네 점방은 첫 번 골목을 접어들면 왼쪽 모서리에
있었다.

숙이 엄마는 작은댁이었는데 숙이 아버지가 걸음을 하
지 않자 곧 골목에 붙은 방 벽을 뜯고 가라스 문을 달았
다.

온갖 물건을 방바닥에 늘어놓고 안쪽에서 새우잠을 자
곤 했다.

골목 사람들은 고무줄 하나라도 큰길 연쇄점에 가지
않고 숙이네 점방을 찾았다.

숙이 엄마가 그 많은 물건들 사이에 누울 때는 꼭 가라
스 문 밖에 함석 덧문을 닫는다.

아버지의 겨울이야기

아버지는 해마다 초겨울로 접어들 때면 뜬금없는 말씀을 하셨다.

한 해 겨울은 첫 추위에 떨면 겨울 내도록 춥다.
내복 입고 나가라.
옛날에 대한이 소한 집에 놀러왔다가 너무 추워 얼어죽었다 카더라.

어리석은 욕심

내 아이가 첫돌을 맞았을 때 나는 욕심부렸다.
걸음마를 빨리해서 내게 오기를.

내 아이가 2살 나던 해 나는 욕심부렸다.
말문이 빨리 트여 내게 말하기를.

내 아이가 5살 나던 해 나는 욕심부렸다.
한글을 빨리 익혀 책을 읽기를.

내 아이가 8살 나던 해 나는 욕심부렸다.
앞서 달리던 큰 아이를 따라잡기를.

내 아이가 10살 나던 해 나는 욕심부렸다.
구구단을 달달 외워 칭찬받기를.

내 아이가 15살 나던 해 나는 욕심부렸다.
영어 시험 100점 받아 활짝 웃기를.

내 아이가 18살 나던 해 나는 욕심부렸다.
명문대학 한 번에 들어가기를.

내 아이가 21살 나던 해 나는 욕심부렸다.
성적 좋아 교환 학생 가게되기를.

내 아이가 25살 나던 해 나는 욕심부렸다.
좋은 직장 빨리 구해 안정하기를.

이제서야 한 해 두 해 되짚어보니
세월에게 시간만 지불하면 되는 일인데
애태우던 가슴에게 미안하구나.

엄마의 꿈

엄마는 술취한 아버지를 부축하며 무슨 대단한 모의를 하듯 속삭였다.

지야 아부지요 마이 딘교? 우리 올개만 잘 전딥시데이.

명년에는 산통 타마 사글세 안 살고도 도지방 한 칸 얻겠심더.

어럽고 힘들더라도 쪼매만 전디 봅시데이.

영등할매보다 더 무서운 삼신할매

정월이 자리를 비켜줄 무렵이면 영등할매는 밉살스러운 며느리를 데리고 올지
고운 딸을 데리고 내려올지를 고민한단다.

밉살스러운 며느리를 데려올 참이면 치맛자락이 홀딱 젖어 흉측하게 비를 준비해야 하고,
고운 딸을 데려오면 치맛자락이 방실하게 부풀도록 바람을 준비해야 한단다.

동네 아낙들은 아랫목에 모여앉아 입을 모았다.

영등할마씨가 누구를 데려오거나 내사 하나도 안 무섭다.
나는 인자 우리집에 삼신할매나 고마왔으면 좋겠다.
맞다 영등할마씨보다사 삼신할매가 더 무섭지.

잊혀진 소리

흙 마당에 타닥타닥 떨어지는 빗소리를 듣고 싶다.

사나운 태풍이 거칠게 봉창을 두드리는 소리를 듣고 싶다.

바람을 앞세운 가을이 문풍지를 살살 흔드는 소리를 듣고 싶다.

동지섣달 긴긴밤 골목골목을 파고들던 찹쌀떡 장수 외침이 듣고 싶다.

2월 영등할멈이 바람인 양 슬레이트 지붕에 걸터앉아 엉덩이를 들썩들썩 흔드는 소리를 듣고 싶다.

그리고, 그리고 듣고 싶다. 가슴이 타도록 듣고 싶다.

추운 겨울밤 단잠을 설치며 연탄을 갈던 엄마의 한숨 소리가.

장 담그는 날

엄마는 소금 가마니를 헐어 앞집 꼭지 엄마하고 가르
며 말했다
장은 엿새나 여드레에 날 담아야 엿끝이 달지

꼭지 엄마가 말했다
와 춥구로 설 아래 담는고

엄마가 조금은 으쓱한 듯 말했다
묵은 해 보내고 정월에 한해 묵을 살림을 장만해 놓는
거 아이가

회상

그때 나는 눈 대신 귀를 열고 하루 종일 공부를 하다
여덟 번 환승 끝에 810번 마을버스를 타고 집으로 향
했습니다.

당신은 맞지 않는 옷을 입은 듯 마음 불편하고 고된 일
을 하다
쓰린 위를 달래며 45번 국도를 타고 집을 찾아 달렸습
니다.

우리의 아이는 아빠 엄마에게 번갈아 전화를 하다 지
쳐
결국 친구를 찾아 메신저 창을 열었습니다.

제3부

오늘의 이야기

강

어제는 어느 모녀가 와서 나를 한참 바라보았다

얼마나 시간이 지났는지 둘은 서로 부둥켜안고 등을
토닥였다

그제는 앳된 소녀와 중년 신사가 찾아 왔었다

오늘은 또 어떤 이가 찾아올는지

그들은 모두 한결같이 내 품으로 안기겠다 말하곤 등
을 돌린다

하지만 가끔 아주 가끔 내 품으로 망설임 없이 뛰어드
는 이가 있다

그럴 때면 나는 산고보다 더 아픈 고통을 가슴으로 겪
는다

거부할 수 없는 힘

지금 이 순간 나는 이대로이기를 바란다.

아쉬운 미련과 고단한 삶도 이대로
분노와 서러움도 이대로
작은 기쁨과 무뎌진 설렘까지도
그저 더 보태지도, 빼지도 말고 이대로이기만 바란다.

시간의 조화는 피하지 못하지만 내 삶의 무게만은 이대로 멈추기를 기도한다.

아픔이 몰고 오는 눈물과 쾌락이 몰고 오는 웃음을 맞바꾸고 싶다.
또 다른 시련과 더 나은 안락을 맞바꾸고 싶은 것이다.

거울을 보지 못하는 이

거울을 보지 못하기에 나는
머리가 지시하는 대로 행했다
거울을 보지 못하기에 나는
마음이 시키는 대로 움직였다
거울을 보지 못하기에 나는
감정의 지시를 따랐다
거울을 보지 못하기에 나는
예쁜 표정 짓지 못했고
거울을 보지 못하기에 나는
위험을 나타내지 못했고
가장 또한 하지 못했다

기억의 날개

늘 추억의 나라를 여행하는 나.
날마다 추억의 나라를 더듬거리는 나.
휘적휘적 기억의 날개를 휘두르며
늘 추억의 나라를 기어다니는 나.

내가 좋아하는 5월

절대 내가 좋아하는 5월에는 슬픈 일이 없을 것이다.

내가 좋아하는 5월에는 못 견딜 아픈 일은 일어나지 말아야 한다.

내가 좋아하는 5월에는 이별도 만남도 없으리라.

내가 좋아하는 5월에는 꽃향기와 풀내음 그리고 내 목덜미를 내어주어도 좋은 따스한 봄바람만 용서하리라.

그리하여 나는 내가 좋아하는 5월에 멀어버린 눈을 뜨고 먼 나라로 떠나리라.

네일을 하는 이유

착한 아이처럼 양손을 가지런히 내밀고 있었다.
손톱관리사는 내 손톱에 풋사과색을 칠하고 있었다.
옆자리 중년 여인이 큰소리로 말했었다.
"눈도 안 보이는데 그건 왜 발라요?"

내가 웃으며 대답했다.

나는 안 보이지만 남들은 나를 보잖아요.
그리고 나는 안 보여서 늘 남들에게 도움을 받아야 하
거든요.
그래서 내 손을 그들이 잡을 때 기분 좋으라구요.

말없이 듣고 있던 손톱관리사가 고개를 들고 나를 바
라봤다.

뉴스를 보고 싶다

놀라운 해외 소식, 크고 작은 사건사고, 가슴 뭉클한 미담
이런 뉴스가 보고 싶다.

그때 그 아이는 어떻게 되었는지, 지난달 금이 간 건물은 무사한지.
우리들의 이웃 소식을 듣고 싶다.

아무리 무서운 사건도 아무리 슬픈 사연도 며칠을 못 가 지겨운 정치꾼들의 구역질나는 뒷담들에 밀려난다.

살아보려 바둥거리는 우리들의 이야기는 벌써 오래전 뒷전이 되고 언제나 잘난 정치인들의 말 자랑과 역겨운 그릇싸움이 우선이 된다.

나는 습관처럼 티비를 켜고 한동안 멍청이가 된 듯 그 앞에 앉아있었다.

순간 우리 이웃들의 이야기를 궁금해하던 나는 한없이 쪼그라들어 저들의 먹이가 되어있는 것을 느낀다.

그러자 화면 속 정치인들이 돌연 야수의 모습으로 변해 튀어나온다.

나는 기겁하여 티비를 끄고 창문을 열어 사람 냄새를 맡는다.

두 발이 없는 새

두 발이 없는 새가 있었더란다.

두 발이 없는 새는 평생 땅 위에 내려앉지 않고
지치면 바람 속에 잠시 쉬었다가
죽을 때 단 한 번 땅에 내려앉는단다.

아~ 두 발이 없는 새 닮은 사람들아.
자네들 단 한 번 땅 위에 내려앉는 그날은

산 생명들은 조심조심 피해서
생명 없는 싸늘한 돌 틈 사이에 무덤을 만들어라.

말보다 먼저 배운 삶

말을 다 배우기도 전에 나는 삶의 방법을 배웠다.

첫돌 지나 애미 떠나 다시 그 따신 품에 안길 때까지
나는 젖줄 대신 삶의 줄을 꼬기 시작했다.

그 줄을 아주 질기게 꼬기만 하면 내 인생이 흔들리지
않을 거라 믿었던 것 같다.

그랬더니 지금은 그 질긴 줄이 나를 칭칭 옭아매어 숨
통을 조여 온다.

오늘 하루도 나는 조금도 느슨해 지지 않은 줄에 감긴
채 지쳐 있다.

어둠은 사방에 고요를 부르는데 텅 빈 내 침대 위에는
불면이 내려앉고 고개 숙여 앉은 내 책상 위에는 고단이
내려앉는다.

그리고 변덕으로 요란하게 치장한 내일이 또 내 앞으
로 다가온다.

맺은 인연과 얻은 인연

인연 맺기 무섭다는 말 참말입디다.
벌써 많은 인연 맺어온 뒤 아픔만 남았습디다.
내 아무리 일찍 철들어 인연 무서운 줄 알았더라도
이미 부모가 정해준 얻은 인연은 또 어쩔 수 없습디다.
내가 맺은 인연이야 내가 풀고 다스리지만
정해진 얻은 인연은 독하고 질기고 무섭기만 합디다.

아침을 함께 먹는 사이

우리 아침을 데워 먹는 사이로 남았네.

스물둘, 스물여덟 촉촉하던 가슴이 다 말랐네.

우리 아침을 끓여먹는 사이로 남았네.

단칸방 아이를 가운데 뉘고 초록 꿈을 키워가던 때를
잊었네.

우리 아침을 함께 먹는 사이로 남았네.

암담한 내일이 걱정되어 두 손 맞잡고 눈물 떨구던 때
를 잊었네.

우리 이제 이런 모습으로 남았네.

쓴 어둠을 실컷 마시고 혼미한 정신으로 뿌옇고 탁한
아침을 삼켜야 하는 이런 사이로 남았네.

이동면 서리 900번지 시인이 머무는 곳에서

한봄 밤바람이 뺨을 타고 잠시 놀다 간다.
하핫 웃음소리 끝에 내가 말한다.
"술 좀 끊어야 하는데"
하지만 말끝에 또 손이 나간다.
술병을 들고 기다리던 사람이 껄껄 웃으며 대답한다.
"이게 바로 한 편의 시가 아닌가."

그래 그럼 써야지 내가 쓸까?
김 시인이 쓰시겠소?
아니 공 시인이 쓰시오.

그때 얍삽한 봄바람이 하루살이를 앞세워 우리를 엿보
고 있다.

작아지는 나

나는 스물다섯 딸에게 말한다.
"너 키가 많이 컸구나."
딸은 오십다섯 엄마에게 말한다.
"나 키 그대로야 엄마가 줄어든 거지."

나는 스물여섯 딸에게 말한다.
"너 키가 많이 컸구나."
"나 키 그대로야 엄마는 작년에도 그 말 했어."

나는 스물일곱 딸에게 말한다.
"너 정말 키가 컸어. 내가 이렇게 빨리 줄어들 수는 없
잖아."

딸은 오십일곱 엄마에게 말한다.
"그래도 엄마 나는 벌써 7년째 그대로고 엄마는 7년째
같은 말을 하고 있어."

지적장애 동준의 슬픈 하루

나이는 마흔인데 생각은 아기인 동준 학생이 말합니다.
"선생님 아빠는 하늘무덤 갔어."

나는 울컥 설움이 북받치는 것을 빈 책상을 손바닥으로 쓸며 대답합니다.
"그랬군요! 동준 씨 많이 슬프겠군요."

90킬로가 넘는 큰 몸집으로 문 앞을 서성이다가 다시 말합니다.
"아빠가 나를 데리러 오지 않아 하늘무덤 멀다."
"조금만 더 기다리면 이제 곧 누나가 올 거예요."

화장실을 다녀오고 물을 마시고 또 문만 뚫어지게 보고 있더니 핸드폰을 꺼내어 1번을 누른다.
"선생님 아빠가 무덤에 바빠서 전화 안 받아."

잦아들지 않는 설움

1쇄 발행일 | 2021년 11월 25일

지은이 | 공다원
펴낸이 | 정화숙
펴낸곳 | 개미

잦아들지 않는 설움

1쇄 발행일 | 2021년 11월 25일

지은이 | 공다원
펴낸이 | 정화숙
펴낸곳 | 개미

출판등록 | 제313-2001-61호 1992. 2. 18
주소 | (04175) 서울시 마포구 마포대로 12, B-103호(마포동, 한신빌딩)
전화 | (02)704-2546
팩스 | (02)714-2365
E-mail | lily12140@hanmail.net

ⓒ 공다원, 2021
ISBN 979-11-90168-33-5 03810

값 10,000원

잘못된 책은 바꾸어 드립니다.
무단 전재 및 무단 복제를 금합니다.